194

ADIÓS, QUERIDA BALLENA

ADIÓS, QUERIDA BALLENA

ACHIM BRÖGER · GISELA KALOW

Traducción de Herminia Dauer
Editorial Juventud-Barcelona

Para los niños
que se divirtieron leyendo
«Buenos días, querida ballena».
Y, naturalmente, también para todos los demás.

Así empezó la cosa:

Enrique se había pasado la vida pescando peces en el río.
Su sueño era el de llegar un día al mar.
Pero nunca lo había logrado. Toda su ilusión consistía
en verlo una vez... Ahora ya era viejo
y no necesitaba salir de pesca.
¡Por fin, por fin tendría tiempo para visitar
su querido mar! Y María, su mujer, le dijo:
—¡Pues vete, hombre, si tanta ilusión te hace!

María permaneció largo rato en el embarcadero, diciéndole adiós
con el pañuelo. Y Enrique remó y remó hasta llegar al ancho mar.
Allí se encontró con una ballena, y se hizo amigo de ella.
Siempre se reunían los dos en el mar. Pero un día,
Enrique no acudió. La ballena echó a nadar en busca de su amigo,
y nadó por un río que cada vez se hacía más estrecho.
Tan estrecho, que, de pronto, la ballena quedó encallada
debajo de un puente de una pequeña ciudad.

Su pena era tan grande, que dejó de comer.
Sólo pensaba en su buen amigo,
al que no veía desde hacía tantos días. Y entonces,
la ballena empezó a adelgazar y reducirse de tamaño,
y de este modo pudo llegar hasta la casa de Enrique.
El viejo pescador no había podido salir al mar porque tenía
una pierna rota... El hombre tomó una pecera,
metió dentro a la diminuta ballena
y se la llevó a María con todo cuidado.

Eso fue lo que sucedió.

Los tres tenían muchas cosas que contarse y
se querían mucho. Cuando la pecera se hizo pequeña
para la ballena, que había crecido bastante,
le compraron una pecera mayor. Y de noche
la colocaban entre las dos camas.
La ballena dormía como un tronco, soñaba cosas bonitas
y ponía cara de contenta. Sin duda soñaba con el mar.

Del ancho mar hablaba cuando, durante el día,
descansaban sentados los tres en el banco. La pequeña ballena
explicaba lo hermoso que era ver hundirse el sol en el horizonte,
lo agradable que resultaba el murmullo de las olas
y el encuentro con otras ballenas.

Pero también la nueva pecera se hizo pequeña
para la ballena. Una mañana se volcó, y el animal cayó al suelo.
Entonces, Enrique y María comprendieron que a su amiga
le convenía volver al mar.
—¡Oh, sí! —dijo la ballena.
Pensaron que lo mejor sería llevarla en el tractor.
—¡Oh, sí! —volvió a decir la ballena.

La barca fue instalada en el remolque del tractor.
Primero la habían llenado de agua. Luego metieron dentro a la ballena,
que empezó a nadar contenta de un lado a otro, formando
pequeñas olas. ¡Cuánto la alegraba volver al mar!
Esa alegría la hizo crecer todavía un poco más.
Enrique y María prepararon lo que necesitaban para el viaje.
Los vecinos acudieron a ayudarles.

Los tres viajaron por la orilla del río. El mar
quedaba aún muy lejos. Todavía no podían verlo,
pero ya se notaba su olor. El río se hizo más ancho.
Y la ballena no cesaba de crecer en su barca.
Pronto ya no cupo en ella.

Enrique y María detuvieron el tractor y
empujaron a la ballena hasta la orilla del río.
Su amiga cayó rodando, rodando como una enorme pelota
hasta el agua, y, de repente, ¡plum!, se sumergió.

Enrique y María echaron un sueñecito en la orilla
y hasta roncaron un poco. La ballena les escuchaba y
se divertía chapoteando.
De pronto, un visitante pequeño y verde se acercó dando saltos.
De un brinco se colocó encima de la aleta caudal de la ballena
y dijo con educación:
—¡Buenos días! Me llamo Rana.
—Pues yo me llamo Ballena —contestó la ballena.
La rana se puso a dar saltos sobre la ballena,
haciéndole cosquillas. Entonces la ballena empezó a reír a carcajadas.

Enrique y María despertaron. Tenían que darse prisa, porque
la ballena crecía más y más. Pronto llegarían
a la pequeña ciudad del puente.
—¡Ojalá todavía puedas pasar por debajo! —exclamó Enrique.
La ballena echó a nadar, y Enrique y María
remaban detrás de ella.

Esta vez, la ballena no quedó encallada debajo del puente.
La gente de la ciudad miraba asombrada y decía:
—¡Caramba! ¡Ha vuelto nuestra ballena!
Enrique y María se sentaron a tomar un café y, al mismo tiempo,
observaban como la ballena paseaba a los niños por el río.
Servía de motor a las barcas.
Desde el puente resonó una canción de bienvenida,
y todo el mundo la coreaba: «...¡Qué alegría verte!»

Varias personas remaron hasta la ballena y le hablaron
en secreto —¡pssst!— de una sorpresa.
La ballena tenía unos deseos enormes de volver al mar,
pero la sorpresa también le interesaba.
Era de noche. Enrique y María dormían. Aquellas personas
se acercaron de nuevo a la ballena, que cerró los ojos.
«De esta manera —pensó—, la sorpresa durará más.»

Transportaron a la ballena en una gran red por la orilla del río.
La ballena oyó chirriar una puerta y se sintió en un lugar muy estrecho.
Notaba agua por debajo y por encima. Entonces abrió los ojos.
—Todo esto es para ti —dijeron aquellas personas—. Porque nos gustaría
que te quedaras para siempre con nosotros.

—No puede ser —contestó la ballena—. Quiero salir
al mar abierto con Enrique y María.
—Espera un poco. Quédate unos cuantos días con nosotros.
Y la gente de la cabaña entonó una canción marinera
para la ballena, que se puso a contarles lo agradable que es
ser mecido y acariciado por las olas.

Mientras la ballena explicaba, notó que su deseo iba en aumento.
¡Necesitaba ir al mar! Y ese deseo la hizo crecer
todavía· más de prisa. De pronto, la cabaña junto al río
fue demasiado pequeña, y las maderas reventaron con gran crujido.
La gente huyó despavorida.
La ballena rodó cuesta abajo y cayó al agua.
La gente de la orilla decía:
—¡Lástima que no pueda quedarse!

Enrique se levantó a medianoche y vio que la ballena no estaba.
Él y su mujer se pusieron a buscarla por el oscuro río.
A bastante distancia nadaba la ballena.
«Seguramente —se decía el animal—, Enrique y María todavía
duermen en la casa que hay junto a aquel puente tan estrecho.»
Pero no podía volver atrás. Se había hecho demasiado grande.
«¡Bueno! —pensó entonces—. Como saben que quiero ir al mar,
ya me seguirán hasta allí.»

La ballena pasó por delante del parpadeante faro y
también de la boya. Enrique y María llegaron poco después.
El mar estaba ya muy cerca, muy cerca.

La ballena descansó y esperó en el puerto,
detrás de un gran barco.
«Temo que Enrique y María ya no vengan», pensó entristecida.
Hasta su aleta caudal se veía tristona.

En ese momento entraban Enrique y María en el puerto.
María le gritó a un marinero colgado de un gran barco:
—¿Has visto una pequeña ballena por aquí?
El marinero contestó:
—¡En el puerto no hay ballenas!
Enrique y María siguieron remando.

Entonces descubrieron a la ballena, y la ballena
también les vio. Su cara relucía de contento.
Enrique y María le acariciaron la piel y exclamaron:
—¡Cómo has crecido!
Seguidamente, la ballena salió con ellos
al mar abierto. ¡Por fin estaba de nuevo en su ambiente!
Era tanta su alegría, que soltó un pequeño surtidor,
y luego otro que casi llegó al cielo.

Enrique, María y la ballena vieron olas y grandes peces.
Se dejaron mecer y arrastrar por la corriente.
Charlaban felices y jugueteaban. Primero fue María
la que se deslizó por la espalda de la ballena.
Después le tocó el turno a Enrique. Y más tarde
contemplaron los tres como el sol se hundía en el horizonte
y hacía centellear las oscuras aguas.
Los tres permanecieron juntos un día y una noche en el mar.

Al salir el sol, se despidieron.
—¡No tardéis en visitarme! —dijo la ballena—.
¡Ya tenéis mi dirección!
—En el mar, sí —contestó Enrique—. Lo sé...
Estaban un poco tristes, pero sabían que no tardarían
en verse de nuevo. La ballena se alejó nadando.

Enrique y María agitaron los brazos hasta quedar rendidos.
La ballena estaba ya tan lejos, que parecía diminuta.
—Casi como cuando la teníamos en la pecera —dijo María,
a la vez que empuñaba uno de los remos.
Enrique tomó el otro, y lentamente regresaron a casa.
La ballena seguía adentrándose en la inmensidad del mar.
«Sería bonito encontrar por aquí otra ballena», pensó.

La ilustradora GISELA KALOW y el escritor ACHIM BRÖGER
colaboran desde 1972.
Su deseo es el de que sus historias y láminas
se fundan en una sola obra.
Por eso (y porque los divierte) crean juntos
sus álbumes para niños.
GISELA y ACHIM se conocieron en una editorial
de libros escolares, en la ciudad de Braunschweig.
GISELA KALOW nació en Jever en el año 1946.
Actualmente vive con su marido y sus tres hijos en Oberursel.
ACHIM BRÖGER nació en 1944 en Erlangen.
También está casado y vive con su mujer y sus tres hijos
en Bienrode, cerca de Braunschweig.

De ambos artistas, Editorial Juventud
ha publicado hasta ahora los cuentos
BUENOS DÍAS, QUERIDA BALLENA;
ADIÓS, QUERIDA BALLENA
e HISTORIA DE DRAGOLINA.

Sus obras han sido traducidas a muchos idiomas,
han obtenido diversos premios,
y son leídas con entusiasmo por los niños del mundo entero.

Título original: TSCHÜS LIEBER VAL
© 1985, K. Thienemanns Verlag, Stuttgart
© de la traducción española:
    1987, Editorial Juventud,
    Provenza, 101, 08029 Barcelona
Segunda edición, 1991
Depósito Legal, B. 39.515-1990
ISBN 84—261-2268-X
Núm. de edición de E. J.: 8.411
Impreso en España - Printed in Spain
T. G. HOSTENCH, S.A. - Córcega, 231-233 - 08036 BARCELONA